ENTRELAÇAMENTOS E URBANIDADES

[POÉTICA E POLÍTICA

KOTTER
EDITORIAL

sílvia schmidt

silvia schmidt

ENTRELAÇAMENTOS E URBANIDADES

[POÉTICA E POLÍTICA

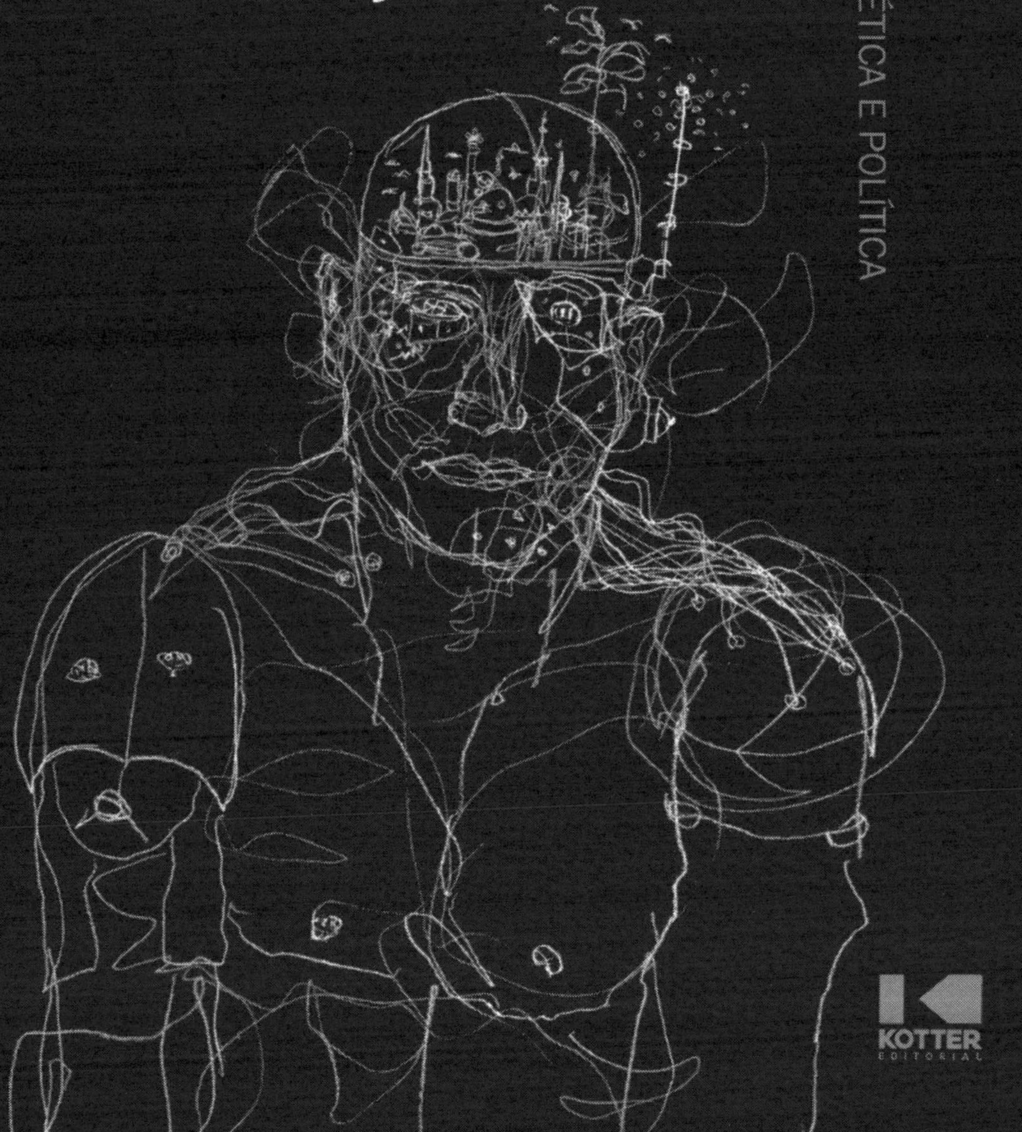

KOTTER
EDITORIAL

Coordenador Editorial
Sálvio Nienkötter

Editor Executivo
Claudecir de Oliveira Rocha

Editores Adjuntos
Daniel Osiecki/ João Lucas Dusi

Capa
Jussara Salazar

Desenho da capa
Felipe Stefani

Projeto Gráfico
Andre Luiz C. Mendes

Produção
Cristiane Nienkötter

Dados Internacionais de Catalogação na Publicação (CIP)
Angélica Ilacqua – CRB-8/7057

Schmidt, Silvia
Entrelaçamentos e urbanidades : poética e política / Silvia Schmidt. -- Curitiba : Kotter Editorial, 2023.
76p.

ISBN 978-65-5361-169-6

1. Poesia brasileira I. Título

23-0444 CDD B869.1

Kotter Editorial **1ª Edição | 2022**
Rua das Cerejeiras, 194
82700-510 | Curitiba/PR
+55 41 3585-5161 | www.kotter.com.br | contato@kotter.com.br

À CARTA DA TERRA

[PREÂMBULO

Estamos diante de um momento crítico na história da Terra, numa época em que a humanidade deve escolher o seu futuro. À medida que o mundo torna-se cada vez mais interdependente e frágil, o futuro reserva, ao mesmo tempo, grande perigo e grande esperança. Para seguir adiante, devemos reconhecer que, no meio de uma magnífica diversidade de culturas e formas de vida, somos uma família humana e uma comunidade terrestre com um destino comum. Devemos nos juntar para gerar uma sociedade sustentável global fundada no respeito pela natureza, nos direitos humanos universais, na justiça econômica e numa cultura da paz. A CARTA DA TERRA]

Arquivo Morto

Planos em plataformas hiperlinks afora
Matéria em dígitos – livros-tela – tempos idos
Alegrias, abraços e beijos líquidos

Cada palavra, a mais doce
O gesto, aquele desejado distante frio monitor
O todo poético no arquivo morto

Teclados binários num código
Este amor, nosso amálgama
Sentimento além do contexto aqui e agora

Horas e horas, apenas fragmentos
Estilhaços sem qualquer sinal
Que nos livre da final agonia, espelhos da dor

A poesia factual dialógica
Prosa cósmica soçobrando atrofia
Palavras em caixa alta, baixa tecnologia

Toda a memória num post
Caminha para um buraco fatal
Qual foi a última vez que tocamos em pele macia

[*Que o nosso tempo seja lembrado pelo despertar de uma nova reverência face à vida, pelo compromisso firme de alcançar a sustentabilidade, a intensificação dos esforços pela justiça e pela paz e a alegre celebração da vida.* A Carta da Terra]

Autorretrato

I

Aninhada como um pássaro rosa e cinza

uma fragilidade – parede que cristaliza
sua tristeza entre tantas cenas coloridas
forte por dentro, pura mentira
um quase ninho-vazio
não por falta mas pela matriz
a forma, energia que a molda
em tantos negativos

autorretrato do inatingível

II

Um afeto neste teto sem cobertura
sob o azul in natura, um céu, o devir
pintura do inconsistente, seus encantos de mulher
ambivalente – Salvador Dali – ao canto

III

Qual gesto esquentaria seu pranto
a noite resfria o ser em sua essência
mau tempo e mais um longo dia à frente
o sol longe de aparecer à periferia

[*Reconhecer os ignorados, proteger os vulneráveis, servir àqueles que sofrem e habilitá-los a desenvolverem suas capacidades e alcançarem suas aspirações.* **A Carta da Terra**].

Arma química

"depois eu aprendi sobre homens que não amam" **Adriane Garcia**

uma criança chora na rua e não há braços que a consolem; o vento é
[frio lá fora
nem mãe nem o pai este ser que, por entre meus ouvidos, passa – um
[raio que uiva
uma criança morta e nenhum transeunte ao seu lado a socorre – ela
[jaz sobre o muro

enquanto nos laboratórios mais um cadinho de vapor – um cheiro
[forte se aprova
nas circunvizinhanças toneladas de corpos se contorcem entre panos
[sem dobras
panos que não sugam, não limpam suas mortes precoces – há toda
[forma de dor
em carne ressequida por pernas moles, os braços inertes sobre outros –
[ao norte

sequer "mãos" tocam armas – pulverizam todo ódio – ar em suaves
[bombas-químicas
um controle imediato sem sangue, sem partes ou cabeças degoladas –
[morte&morte
não veremos a hecatombe sem antes fixarmos este aniquilamento
[aos montes

as bombas químicas soterrando nossos olhos – mentes sem um adeus –
[até breve
leves pombas chamuscadas em pele evanescida – assassinadas – uma
[vida prêmio
não saberemos os suspeitos, estes seres de dinheiro sem nome –
[capital apenas

estes senhores brancos, cãs brancas em colarinho branco de pernas
[coxas bambas
estes homens de bens – como alies – vociferando alcachofras de
[dentro para fora
dinheiro – câmbio combinações aritméticas – o papel que às trevas
[nos leva aos bandos

mãos fúnebres de vermes que não amam – almas velhas – em seus
[impérios de sangue

Cicatriz

I

Reconheço sob minha pele fina suas cicatrizes – costura em corpo – texto
As navalhas, o estilete, agulhas e bisturi feitos riscos de giz sobre mim
A presa – resquícios de vida traçados – como lei permissiva – sem doulas

II

Reconheço suas fissuras, as pegadas na areia da praia, por isso escrevo
O tempo enquanto sujeito – cada uma de suas agruras, o lençol branco
Lembro-me do fio a fio da sutura cingindo o tormento em cada costura

Estafas percorridas por um corpo-cronópio entremeado por sofismas
Complacente no músculo o fosso em versos e poemas sua tessitura
Nos olhos, na boca, no ventre, na rosa rosa flora rasa – minha sua vagina

III

Reconheço cada legista e ou médicos, a parte operacional ali da maca
A parte do sistema, cada companhia sob meus dias tensos pós-cirúrgico
Os lábios, as unhas, a gengiva como metáforas e metonímias-mapeamento

As diretrizes nas linhas – cada anátema – suas folhas caídas como penas
Não perdi seus detalhes, eu aninhada sobre eles, atenta carne ali aberta
Reconheço sua memória – as cicatrizes, toda circunvizinhança – sob morfina

IV

[À mesa em letras prescritas – receitas em pílulas – assinada por um doutor]

[*Reconhecer e preservar os conhecimentos tradicionais e a sabedoria espiritual em todas as culturas que contribuem para a proteção ambiental e o bem-estar humano.*
Garantir informações de vital importância para a saúde Humana – A Carta da Terra]

Acerola

I

O muro que nos separava não impedia a visão, a seara
um arbusto, uma planta nobre, a acerola – família malpighiaceae
de pele lisa seus galhos verdes espalhados ao léu

II

Em cada ponta – frutos vermelhos – adocicados
um mimo, um presente da terra – seu valor ácido
agora e para sempre ali ceifados por honorários

III

Um homem, um braço, o frio algoz nela trepado
arrancando-lhe a raiz do chão sem pudor ou dó
era novinha, em verdes amarelados brotos a tempo[para

IV

Acerola, a fruta, a folha, o alimento da árvore
como um incômodo no quintal pobre deserto
sem sombra, sem alento ou sementes deixados

a preço d´inheiro, livraram-se dela por cimento
enquanto na calçada ao lado, um sabiá pequeno
um sabiá de asas quebradas ao relento bicava
uma goiaba do pé, preservado de modo solene

V

Fora um dia de sol e carnaval – calor torpe e folia
de multidões distraídas entre gritos e aos berros

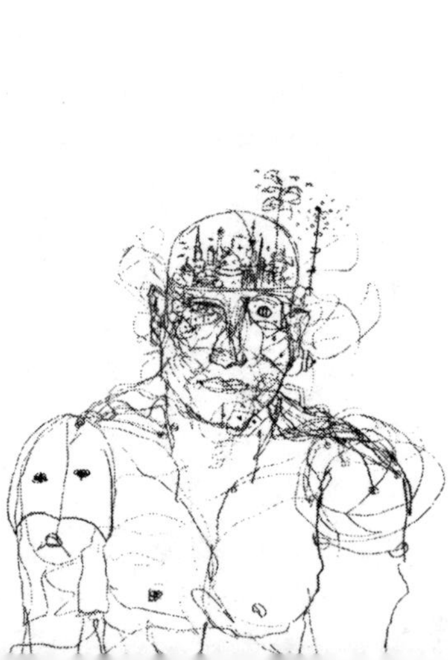

[*respeitar a Terra e a vida em toda sua diversidade.* ***reconhecer que todos os seres são interdependentes e cada*** *forma de vida tem valor, independentemente de sua utilidade para os seres humanos.* **A Carta da Terra**]

Perfil

I

Muitas em uma morte súbita
[movimento uniforme retilíneo]
nenhuma em comando-sério

no meio do ninho
um amor de menino

um passo em falso, iria ao fundo
era o cadafalso ou quase-número

havia uma brecha eu juro
parte de mim em fuga
câmera lenta sob vaga memória
um sorriso labiata rosa
os olhos em penumbra fria

houve um suspiro profundo na hora
a ponte vazia e o cansaço
sob a pele morna de um corpo esguio

restou no plano raso deste tempo
um quarto em labirinto
roupas sujas soterradas pelo caminho.

II

Não era o fim
era a contramão, a chance segunda
dentro da manhã, girassol que se abria

O menino foi ao pai
a mulher entre paisagens secretas
perdia-se no calor do horizonte em novos destinos

de repente uma escada-caracol
o desterro dos heróis em alteridade
a fertilidade recebida e mais um ninho

a mancha que se fixou lá trás
ficaria ali mesmo resguardada
nas letras do romance-chave

PORTAIS de uma mente aberta
fluxograma fractais flutuantes
nomes de muitas miragens-tema

III

congratulamos

IV

Personas se reconstroem
energia-volatilidade que se refaz
agora o ontem e o amanhã sinalizam paz

Uma cor poliu dentro
violeta é o signo em astral
sigo catalisando oxigênio:

es/crê[ver
m[editar]
em des]contínuo movimento

V

o menino está um rapaz

Escada caracol

I

Mil noites de insônia – a alma imortal – sob trajetória
Subir descer aos céus cenários do éden transcendental
Havia ali flores de ferro envolta em espiral trepadeira

II

A tese do herói sua imaginação em hipérboles causais-pó
Contos poemas em quase ma-temá-tica sua conta numeral
Perceptível narrativa – reminiscências holográficas – lógica

III

Memória – feixe de luz – vindos da infância do menino homem
Ali degrau por degrau na circularidade dos fatos seu númer_ouro
Escada caracol, a casa o dentro o jardim em matéria mármore

IV

Simbolismos e mitos em lei em ícones do nada, o nó górdio
Subir descer aos subterrâneos no etéreo daquela sombra
Escalas escolas esmolas escombros em cada palavra-chave

V

[tudo cintilando à luz do sol] Bob Dylan na vitrola enquanto
Além um rastro de química formava nuvens estranhas no ar

VI

Derrama – o sangue brasa – de muitos para a sede de porcos

Ano longo

I

Doze frutos tirados do pé – orvalhados – este alimento negro
Frugal seu gosto de aroma intenso, a conhecida jabuticaba
A parte fertilizada do quintal fechado e ali no tronco agarrados

II

Retirei-os com cuidado sorvendo ainda úmidos seu frescor
Meu prato vivo neste dia de ano como promessa de algo novo

III

Dentro, a polpa, sua parte – mole ao dente – como bolas do escroto
Um a um de seus frutos melequentos destinados ao estômago

IV

Comi-os sem desejo sem motivo eram puro logro – o fundo do poço
Empurrar sua essência ali no subterrâneo do prato, um peso morto

V

Era sábado – aquilo que se perpetuava à frente sem crítico-senso
Entre um céu azul e a terra plana como penas/secas no tinteiro-mudo

VI

Paisagem do deserto cinema de chacais impostos ao longo do tempo
Filetezinhos entre a língua e muitos miasmas escritos em versos pobres

[Dois mil e dezesseis ou o ano longo, um assombro no cotidiano – o tédio]

Limo

Um macio verde, sua trajetória esquecida ali
no lugar no cimento de outrora até o anoitecer
resquícios do medo da matéria, sua memória viva

o caminho que pisamos incrustado no ser
um tapete orgânico entre o contraste – ter
não o removemos porque é mais fácil sofrer

Há trabalho no jardim, jardim de sobras – limbo
poucas obras no local na contramão insalubre
o símbolo que pisamos sobre a TERRA – firme

Somos os restos os pedaços dos trapos que carregamos
somos o que postergamos na falta de consciência plena
acontecimento – a velha crônica – em desdobramentos

Tinha um chinelo de dedos no meio do caminho
no meio do caminho tinha um chinelo de dedos
limo – no meio do caminho – nosso finito tempo

[–*Adotar padrões de produção, consumo e reprodução que protejam as capacidades regenerativas da Terra, os direitos humanos e o bem-estar comunitário e subsistência material num mundo finito.* A Carta da Terra]

eFÊMErA

I

Primeiro eles vieram e tacharam-nas Mulher
e porque estas não diziam palavra em berço de ferro
levaram-lhes as calças, deixaram em suas mãos – ocas
boneca de cera, outra de plástico de Adão, uma costela

II

Depois ainda moças exigiram-lhes virgindade
e porque elas não quiseram amar por cautela
tornaram-se santas sem jamais deitarem-se com Homens
nem por ofensivo desejo de vísceras ou de versos
para as belas em vestes de renda e crepe o meretrício
complô de matrimônios, restos fartos em danos e perdas

III

Decrépitas levaram-lhes ano a ano sua tez_ouros
em propriedades trabalho de parto, suor e tédio
e porque não exigiram deles uma prata por bens redobrados
vagam sob estrelas em nuvens de carbono milhares queimadas
[estupradas]
feito seres que não mais fedem ou cheiram a nada – canalhas

IV

Quando destronados à porta da cadeia por sua vez
exigem de Cidadãs e Mães uma resposta, um ato
e porque EU-TU não agimos e não agiremos nesta hora
é que fujo por desertos de areia e sangue [efêmera
sem terra, sem teto entre fronteiras, aleatória
cómo las niñas na longa espera por esquecidos
créditos nas linhas tortas da História – Horda
– para cada fio que ornarás teus cabelos em transa
uni-os para um, um novo amanhã de esperança
é chegada a hora o porvir de uma aliança nova
a marcha de gêneros – à humanidade – o revolucionário
o fim das roseiras sem rosa sem pétala, a barbárie

V

Ainda é madrugada na noite fria que se abre

[*Afirmar a igualdade e a equidade dos gêneros como pré requisitos para o desenvolvimento sustentável e assegurar o acesso universal à educação, assistência de saúde e às oportunidades econômicas.*
A Carta da Terra]

Bárbaro

Fora deixado ali já cedo frente ao beiral da janela
por seu dono ou amigo traiçoeiro, nesta sombra alheia
sob a manhã de sol e névoa fria, montanhas verdes à vista
fonte de águas limpas, pássaros em piruetas e asas livres

O basculante por proteção ou vil arremedo era de vidro
o gentil afastou-se enquanto ele sem um pio, inerte no ninho

Não queria ter me acordado com buzinas e alardes de carros
queria ter ouvido seu canto, não desejo alguém de asas trancado

Um velho insone uma gaiola [um velho mal e solitário, creio]
deixou-me o sentimento em desalinho e o coração apertado

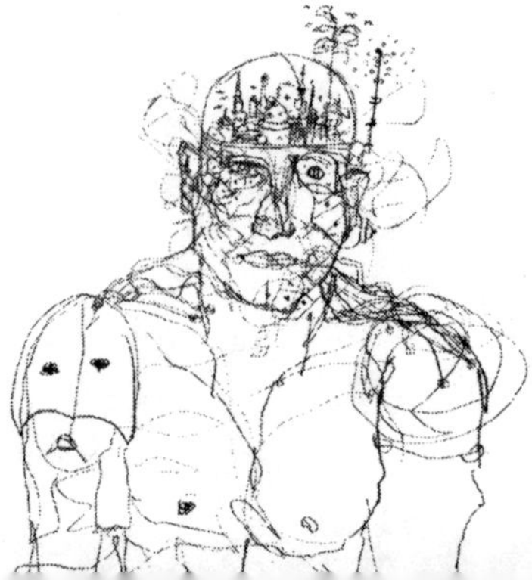

[*"Tratar todos os seres vivos com respeito e consideração.*
Impedir crueldades aos animais mantidos em sociedades humanas e protegê-los de sofrimentos.
Proteger animais selvagens de métodos de caça, armadilhas e pesca que causem sofrimento extremo, prolongado ou evitável.
Evitar ou eliminar ao máximo possível a captura ou destruição de espécies não visadas." A Carta da Terra]

Corpos

"há um sonho maior
na menor das partículas". folha de arruda.

corpo fala entre outras coisas
e outros corpos coisas assim
podem parecer um pouco loucas
linguagem-fala de conceitos e
revestem as coisas como num [filme fino

requer um corpo-contingência
legendária maneira de colocar [as coisas
o corpo parece fechar os lábios abaixo
cortando em pedaços e finas linhas

impedimentos da fala que gaguejam
e as palavras se manifestando apenas
tão rápidas quanto uma boca de trapos
as mãos podem se mover, provar traços
como uma gaiola corporal sob linguagem [efêmera

cada um de nós um mutante errante] câmera lenta
tipo de alquimia de redução a sais simples osmose
o newtonismo mudo dos corpos em pedaços [ossos
ou platonismo fantasmagórico utópico entre poros

[ambos corpos – parte de 1 paradoxo entre nós – 2],

urbanitas

na cidade, todo jovem é uber, a tela e o destino
bla bla o novo app ainda se beija nos lábios até
entre as vindas e partidas, malas de 4 rodinhas
dominarão o mundo, um susto de perigo, a lata[janela à fora
coca litro pendurada à mochila feito água cara
taxistas estão sempre a postos, barrigas, barbas [calças de sino

por bigodes e cabelos talhados navalha, o rosto da cidade fria
cílios postiços, cabelos coloridos puxados em roupas largadas
senhorinha de saia plissada viaja solitária ela – desumanizada

carros grandes corpos obesos extensas mulheres às crianças
cada vez mais sozinhas com suas filhas pequenas nos braços
[e nos peitos rebentos
carrinhos de aeroportos sobem o status 0 grau na rodoviária

salto alto fino já era-úberes não carregam malas mão é pro
celular e direção ou o cigarro que é praga barata e sua tara
o menino isolado olha pela janela do transporte, as senhas
seu acesso a vozes gravadas-palavras saúde remédio fome
tal movimento é retrógrado, o ônibus atrasa o trabalho não [para
silêncio – onde há fumaça há fogo e alguém talvez, bens, tem
a moeda de troca as passagens são instagramáveis e totem

[da nave-mãe e filigranas montanhas curva fechada&praia]

Weapon

"Their right to own an assault rifle
does not outweigh our right to live." Desconhecido

vala farta de ferpas
fardas falhas&perda
velha fala o vexame
farsa de fendas lama[infames

arma

bala marcada em lote$
quantidade local-quem
quando Benjamin olha
pra mim eu me lembro
de sua ordem ideia sois [mônada

weapon

o passado como memória
a fala a voz o falo o grito
na História como criança
a obra de arte – vanguarda [utopia

rifle

]é preciso descansar o corpo
que clama a dor potencializa
sua demanda por harmonia [justiça

A rue d'Alsace&Rio de Janeiro

entre rios – Marielle Presente – jardim suspenso] em Paris
Mariana em suspense o rio morto-vivo ausente
dois lados de um Brasil Marielle Franco Mariana[os ex rios

Perspectiva

Perplexo espelho
Perspectiva avessa
À janela aberta
Transversos reflexos
Imagem convexa
Contrário ao agora
Sua avareza perpétua-confessa
Perfeita sinuosa
Tal ângulo represa
Há pressa&promessas
Na comunhão dos pontos
Pontos dissonantes
Pontes circunstantes
Tal enquadrar é portal de aléns
Regressa ao de sempre – primevo
O zero circunflexo – acontecimento
Alemã brasílica afrodescendente
Por entre dentes em pálida maçã
Pele cabocla suaves por tantos nós –
Combustão despertencimentos pagã
Reporta à fora cada centelha vítrea
Sua alteridad' ferro vitalícia xamã
Tantos centros quanto foras&dentros
Por entre montanhas e cimento
Pássaros plantas e dentes cravados
Nos devires-semente à mão [livre

Insones

alguém ao leu fala
pergunta ao céu se
continuará a usar
suas joias caras sob
clausura&desmesura
tempos de ignomínia na rua
fios de cobre avisam o panegírico
noites e dias horas imensas expandidas
interrogo-me será possível o diálogo
com quem saliva por carnes do pasto
faz árvores abatidas para o gado pisar
meu olhar severo e unhas agudas apontam
o tempo da carnificina famintos se reúnem
em bancos nas esquinas das urbes tantos
noites expandidas insones a destruir sonhos
vejo meus tombos pela janela do bonde por
onde navegam equânimes similares a contos
ou passarela de vítimas mortas como planos
plateia com panos respiratórios protegendo
a boca a narina o queixo do ar atmosférico
P.A.R.A.P.A.P.A.N.A.C.E.I.A.M.E.N.T.E sei
o pio do pássaro
perpetuando-se
por onde passa
e paira em bela
planta e pousa
palavras de paz

nestas noites insones
não era meta do deus
transformar gentes em
estrelas fazer dinheiro
com placebo-milheiros
noites a dentro dias inteiros?
hordas a contar ovelhas 123
num amontoado de tormenta
70 mil. 80 mil. 90 mil. 100mil. 200
mil noites, noites insones, quantos
mais enterros alimentaremos A.M.O.R
flores de azaleias e ipês amarelos caem na terra
soterrando nossos pés cansados de guerra€treva
em oposição a Mercúrio Vênus Marte Júpiter assim
como por entre bruma o majestoso S.A.T.U.R.N.O
cinco astros altos e brilhantes a pairar no horizonte
I n s o n e s

[*Promover uma cultura de tolerância, não-violência e paz. Estimular e apoiar o entendimento mútuo, a solidariedade e a cooperação entre todas as pessoas, dentro das e entre as nações. Implementar estratégias amplas para prevenir conflitos violentos e usar a colaboração na resolução de problemas para administrar e resolver conflitos ambientais e outras disputas. Desmilitarizar os sistemas de segurança nacional até o nível de uma postura defensiva não-provocativa e converter os recursos militares para propósitos pacíficos, incluindo restauração ecológica. Eliminar armas nucleares, biológicas e tóxicas e outras armas de destruição em massa.* A Carta da Terra]

Afeto suicida

Receberei nestas noites invernais
O teu toque em meus anexos-plexo
Tornozelos. Tal um afeto benfazejo
Um rio de volume se anuncia à janela

Foram seculares neste trajeto – caminhos sem trégua

Receberei tua pele em meus pés em desmantelo
Onde pulsam veias e densos músculos tendões tensos
Você Aquiles sem medo dos muitos saltos sobre obstáculos

Receberei o tato. Aqui nestas cobertas envolta
Sem dramas ou desconfortos – ninho apenas
Eu a tua concha talvez porto ou o pergaminho teso

Lençóis pálidos tal papel por onde escrevo – linhas
A tessitura que percorro com passos tortos em tombos
Acalentados agora por teus dedos de menino. Corajoso

Receberei o calor o que intencionas em cada pontinho
Haicai de mim como travessura. Pele quente atadura
Aclamado tempo para estes lugares intransitáveis – outros

Receberei aquietada a palma e o dedilhar de tua mão – nós

[por entre travesseiros chuva torrencial e desejos antagônicos]

CORPOema

Quantas penas e pernas confluências
são necessárias para compor um corpoema
alertas abertas ao horizonte prontas

Quantas palavras suspiros líquidos
compomos a fazer pontes para o além
do sistema pés falenas em cama-totem

O gozo alimento escrito rito em tela
dito por entre dígitos e aquarelas
aquela fala era dele não dela. A bela

Quantas

Apaga isso apaga esta memória tagarela
impositivo sensual libidinoso o moço teso
a face que aveludado e avermelhada cala
a vulva macia mole machucável tensa

O verbo chulo penetrando caras e gemido
Isso o que apertas ė o que me lambuza
espermas escorrendo a imaginar cenas
um rito de passagem ou dilemas só tua

Boca línguas úmidas a exigir ternura
o fundo em que habitamos o mistério
elo confuso de corpos singrando poros&pelos

Apagam se os versos ficarão as lamurias
um fio de desejos emaranhados cabelos
a vulva pélvis o falo o cheiro que percebo

Complemento por caminhos estratégicos
arquivos em sílabas-alfabeto de afetos
não ficará ilegível o livre arbítrio eu grifo[rindo

[no quarto de meu_ 40_ acolhimento um
~rio serpenteia e eu escrevo este apelo]

A bolsa mais cara do mundo-

Bolsa balsa por onde passa a ganância aos olhos baços. Nela
Não lhe cabem rios mas peles de crocodilo. Finas peles escarpadas.
Ao rito costuradas por silentes. Argutos.

Bolsa cravejada por 80 tiros de diamantes. No mouro transeunte. Ontem.
Talvez muito mais. Centenas de inocentes crianças não lhe custam a tara.
Nada lhe cabe nem vento nem ar. Tão pequena nau de agiotagem.
Autofágica quando aberta vê-se vazia. Vasilha ululante brilhante.
[Meia lua. Lua inteira. Ao gosto.

Cabem lhe pertences de todos os tipos. Agudos gritos. Desejos
[mirabolantes.
A farsa os golpes a mendicância nas pontes do meretrício a bolsa a
[barra[de ouro cravejada diametralmente. Ė

A bolsa mais cara do deus dos negociantes pequena alça anel
pode ser de argolas ou correntes ao pé subserviente por milhões.
Céus. A vida agonizando. No mundo inteiro.

Festas feiras grilhagem fabricam brilho decadente. Âncoras e Faróis
plebeia ninfetas a querem tanto quanto Apolo&Eros Hermes[
[o mercante.
Bilhões tal respostas simbólicas. Farras.

Lá fora os cães ladram por sombras de árvores o medo tem fala.
Faltam tetos para abrigar tantas. Bolsas. Raras. Cotação Nasstar.
[Homens e mulheres rastejantes.

Via Láctea

Pisaram em nosso jardim
Queimaram
Derrubaram
A centenária araucária
A jojoba a aroeira o jasmim

O desrespeito com as gentes
A fome volta dando lugar ao pasto-capim
Aqui. Ali. Por imensos canteiros brasis.

Povos ancestrais lutam contra o fogo
Pré posto ao som do choroso sabiá laranjeira
Pisaram a mata arrancaram flores
Sob a força das armas de festim

A procura é por ouro o porco dinheiro
Enquanto o aroma do sândalo e da cidreira
Cedem sua vez dando lugar ao chumbo e ao carbono

O prato principal sobre a mesa de madeira
É a morte ceifadora ao céu de Marte na via
Crucis orquestrada pelo capital: a.p.o.r.t.e.

Só a Via Láctea vê que a Terra incandescera...

Colheita

I

amoras no chão uma lágrima uma amora no chão
para todo lado do chão uma amora-lágrima_mor
uma lágrima uma amora um não nos vãos da horta

II

fora um dia de breu
um dia de escuridão
fora o dia da colheita
neste dia de votação

III

um voto então uma lágrima uma amora no chão
um voto a representação como quem morre
em horas de luto sobre um tempo-pêsames

IV

já houve semente de futuro nos canteiros
um infinito de amoras cada fruta na sacola
um domingo suspeito neste país sem nação

V

pega não pisa cuidado sua seiva eterniza cola
rubro de dor em manchas mil lágrimas furta-cor
no chão do terreno neste dia fúnebre de colheita

VI

amor a parte mais afiada da navalha na cesta

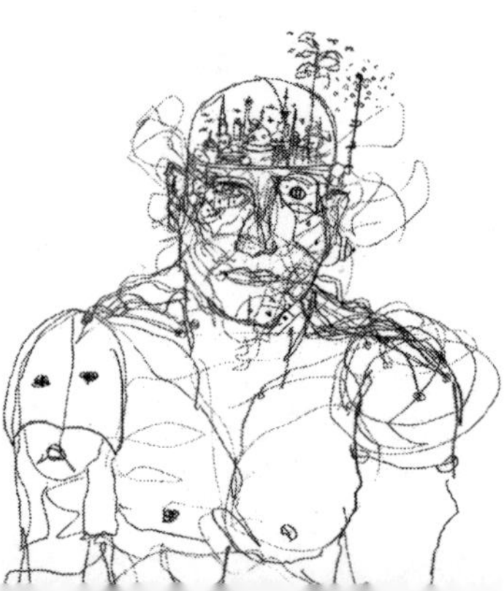

[IV. DEMOCRACIA, NÃO-VIOLÊNCIA E PAZ

Fortalecer as instituições democráticas em todos os níveis e prover transparência e responsabilização no exercício do governo, participação inclusiva na tomada de decisões e acesso à justiça. A Carta da Terra]

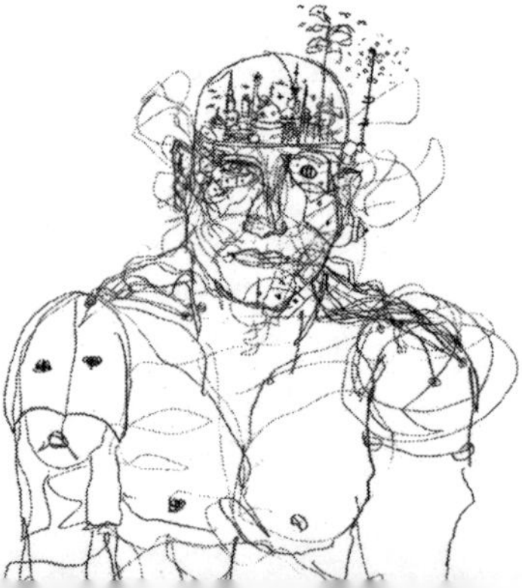

[*Erradicar a pobreza como um imperativo ético, social e ambiental. Garantir o direito à água potável, ao ar puro, à segurança alimentar, aos solos não contaminados, ao abrigo e saneamento seguro, alocando os recursos nacionais e internacionais demandados.* **A Carta da Terra**]

***

Papel Pólen Bold **90g/m²**
Fonte Linux Libertine G **corpo 11 e 15**
Impresso no **Verão/2023**